Rosa y el experimento de los grandes títeres de sombra

Rosa's Big Shadow Puppet Experiment

Child's Play (International) Ltd
Ashworth Rd, Bridgemead, Swindon SN5 7YD, UK
Swindon   Auburn ME   Sydney
ISBN 978-1-78628-666-6   L140222RW09226666
© 2022 Child's Play (International) Ltd
Printed in Heshan, China
1 3 5 7 9 10 8 6 4 2
www.childs-play.com

—¡Mira la sombra de ese árbol!
—exclama Rosa.
—¡El árbol está bloqueando
la luz del sol! —agrega Mikas.

"Look at the shadow from
that tree!" exclaims Rosa.
"The tree is blocking the light
from the sun!" adds Mikas.

—¡Mira, mi cuerpo también está bloqueando la luz del sol!
—ríe Sabeen.
—¡Hagamos un show de sombras! —ríe Álex.

"Look, my body is blocking out the sunlight too," giggles Sabeen.
"Let's make a shadow show!" laughs Alex.

—¡Los objetos que crean sombras oscuras son mejores para formar títeres de sombra! —dice Mikas.

—¿Qué tal estos? —pregunta Sabeen.

"Objects that make dark shadows are best for shadow puppets!" says Mikas. "How about these?" asks Sabeen.

—Ordenemos las cosas según
la sombra que hagan
—sugiere Rosa.
—Los objetos que bloquean
la luz se llaman opacos
—explica Álex.

"Let's sort things by
the shadow they make,"
suggests Rosa.
"Objects that block out
the light are called opaque,"
explains Alex.

—¿Qué tal estos? —pregunta Mikas.

—Si un objeto tiene una sombra tenue, significa que parte de la luz lo atravesó —responde Álex—. Se llama translúcido.

"What about these?" asks Mikas.

"If an object has a faint shadow, it means some of the light has passed through," answers Alex. "It's called translucent."

—Estos son transparentes —dice Sabeen—.
Eso significa que pasa casi toda la luz. La única sombra
que puedes ver claramente es el marco.

"These are transparent," says Sabeen.
"That means nearly all the light passes through.
The only shadow you can clearly see is the frame."

—Cerré las cortinas para que esté oscuro —dice Álex—.
Necesitaremos otra fuente de luz para nuestro show de títeres.
—Podemos usar cualquiera de estas —sugiere Rosa.

"I've closed the curtains so it's dark," says Alex.
"We'll need another light source for our puppet show."
"We can use any of these," Rosa suggests.

—Esta lámpara es perfecta —decide Rosa—.
La luz viaja en línea recta. ¡Mira! Viaja directamente
a través de los agujeros de este cartón, pero está
bloqueada donde no hay agujero.

"This lamp is perfect," decides Rosa. "Light travels
in straight lines. Look! It travels straight through
the holes in this card, but it's blocked where
there isn't a hole."

—¡Usemos estas luces! —exclama Mikas.
—¡Ten cuidado de no dirigir esa luz a mis ojos! —advierte Rosa—.
¡Vaya! Con muchas fuentes de luz, ¡tenemos muchas sombras!

"Let's use these lights!" shouts Mikas.
"Be careful not to shine that in my eyes!" warns Rosa. "Wow!
With lots of light sources, we have lots of shadows!"

—Las sombras cambian si cambias la posición de la luz —explica Álex—. Cuando la luz está directamente arriba, las sombras son cortas.

"Shadows change if you change the position of the light," explains Alex. "When the light is directly above, the shadows are short."

—Cuando la luz está a un lado, las sombras son largas —agrega Sabeen.

"When the light is to the side, the shadows are long," adds Sabeen.

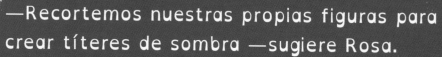

—Recortemos nuestras propias figuras para crear títeres de sombra —sugiere Rosa.
—Este papel opaco creará las sombras más oscuras —dice Álex.

"Let's cut out our own shapes to make shadow puppets," suggests Rosa.
"This opaque paper will make the darkest shadows,"
Alex replies.

—Cuando la figura está más cerca de la luz,
la sombra es más grande —dice Álex—.

"The closer I hold the shape to the
light, the bigger the shadow,"
says Alex.

¡Y cuando giro la figura, la sombra
también cambia de forma!

"And when I turn the shape around,
the shadow changes shape as well!"

—La manta es demasiado gruesa para que pase la luz —descubre Rosa—. Funciona mejor este pedazo de tela.

"The blanket is too thick to shine a light through," discovers Rosa. "This sheet works better."

—Vamos a fijarla a este marco para mantenerla plana —sugiere Álex.

"Let's fix it to this frame to keep it flat," suggests Alex.

—Necesitamos poner el títere frente a la luz —explica Mikas—, para que la figura del títere se proyecte en la tela.

"We need to put the puppet in front of the light," explains Mikas, "so that the shape of the puppet is projected onto the sheet."

—La figura de la sombra puede verse
a través de la tela —dice Álex.
—¡Copito es un títere de sombra sin palito! —ríe Rosa.

"The shape of the shadow shows through
on the other side of the sheet," says Alex.
"Snowy is a shadow puppet without a stick!" laughs Rosa.